EIN ENGAGIERTER HUMORIST

)er studierte Historiker Michael Gerber, geboren 1969, ist Amerikaner. Dennoch gilt
eine Vorliebe den britischen Komik-Botschaftern Peter Sellers und Monty Python.
)aß er schon im absurd frühen Alter von sieben Jahren mit der »Humorschriftstelle-
ei« begann, führt er auf eine laxe Erziehung, die amerikanische Humor-Institution
National Lampoon« und den ungehinderten Zugang zu Schreibwerkzeugen zurück.
n der Folgezeit schrieb er u. a. für »The New Yorker«, »The Village Voice«, »Play-
oy«, »Esquire« und das »Wall Street Journal« sowie für das Fernsehen (»Saturday
light Live«). Bekannt wurde er durch seine Raymond-Carver-Parodie »What We
alk About When We Talk About Doughnuts« (»Wovon wir reden, wenn wir von
)oughnuts reden«).
ein Überraschungserfolg »Barry Trotter and the Unauthorized Parody« erschien
uerst als »book-on-demand« im Eigenverlag und wurde dann schnell vom Geheim-
ip zum weltweiten Bestseller.

lichael Gerber lebt mit seiner Frau Kate und drei Katzen in Chicago. Er ist
ledakteur des Kinder-Magazins »Muse« und schreibt unter www.mikegerber.com
in lesenswertes »weblog«-Tagebuch. Zu seinen Hobbies zählen Fellini-Filme,
eatles-Platten, Feuerwerk und das Baseball-Team der St. Louis Cardinals.

D>A<V

MICHAEL GERBER UND DIE NEUGIERIGEN FRAGEN

Herzlichen Glückwunsch zu mehr als 50 000 verkauften Büchern in Deutschland – wie sieht's aus im Rest der Welt?

Es wurden bisher über 500 000 Barry-Trotter-Bücher verkauft, und ständig kommen neue Sprachen hinzu. Bis jetzt hat Barry die Leser in den USA, Deutschland, England, Australien, Taiwan, China, Spanien, Portugal, Japan und Estland irritiert 2004 wird er Rußland, Schweden, Brasilien, Frankreich und Korea heimsuchen. Sicher werden bald die UN intervenieren – aus humanitären Gründen.

Hat der Erfolg Sie überrascht?

Absolut! Es war ein weiter Weg von einer Word-Datei in die Regale der Buchläden. Von so vielen Menschen gelesen zu werden ist großartig. Und das in aller Herren Länder – das grenzt an ein Wunder!

Sie sind ein großer Fan von Harry Potter und J. K. Rowling?

Die Potter-Bücher machen Riesenspaß – sie sind warmherzig und witzig geschrieben, haben eine wunderbare Handlung und viele bemerkenswerte Figuren. Ms. Rowling hält ein hohes Niveau. Ich weiß nicht, wie sie das bei dem Druck schafft. Und nach allem, was ich gelesen habe, scheint sie ihrem Ruhm mit unglaublicher Zurückhaltung zu begegnen. Sie vergißt nicht, was für ein Privileg es ist, wenn jemand einen Teil seines Lebens dafür opfert, etwas zu lesen, was man geschrieben hat. Das bewundere ich.

D>A<V

Michael Gerber
Barry Trotter
und die schamlose Parodie
Mit Ingolf Lück
ESUNG
DER>AUDIO<VERLAG
D>A<V

POLICE

Haben Sie auch die Filme gesehen?

Ja, aber mit der Komplexität der Bücher können sie nicht mithalten. Ich fürchte, daß zukünftige Generationen nur noch die Filme sehen werden. Lesen ist wesent- ich zeitaufwendiger und eine größere Herausforderung. Die HP-Filme sind gut, ich mag sie, aber ich liebe die Bücher!

Was wäre wenn ... Ihr Telefon klingelte und Hollywood dran wäre?

ch glaube nicht, daß das passiert, aber wenn, dann müßte ich absolut überzeugt sein, daß die es richtig und witzig machen würden. Und der Film müßte eine echte Existenzberechtigung haben – einen originären Beitrag zu einer Satire auf das Potter-Phänomen leisten. Ich achte sehr darauf, daß alles, was ich tue, gut ist und nicht nur einfach Geld bringt. So werde ich zwar nie reich, aber das ist auch nicht mein Lebenszweck.

HP ist auf sieben Bände angelegt. Band 2, »Barry Trotter und die überflüssige Fortsetzung«, erscheint demnächst auf deutsch. Sie arbeiten gerade an Band 3?

Ja, der Arbeitstitel lautet »Barry Trotter und das tote Pferd«.

Wie viele Titel werden Sie schreiben? Werden Ihre Bücher auch immer dicker?

n der Kürze liegt die Würze, also werde ich mich zurückhalten. Barrys Geschichte werde ich fortschreiben, solange die Menschen sie lesen möchten. Ich arbeite noch an anderen Romanen, aber es ist schon sehr schmeichelhaft, wenn jemand anruft und sagt: »Paß auf, wir glauben, die Leser freuen sich über einen weiteren Barry«, also laß ich alles stehen und liegen und schreibe einfach los. Ich möchte, daß meine Leser Spaß haben – und ich selbst auch. Für andere Bücher ist immer noch Zeit, die Welt ist voll von witzigen Themen.

Mit Ihrer »Dirty Barry«-Version haben Sie sicherlich einige sensible Harry-Potter-Fans verstört ...

Es gab weniger negative Reaktionen als erwartet. Das dürfte daran liegen, daß jeder, der die Parodien liest – im Gegensatz zu denen, die nur davon gehört haben – sofort merkt, daß ich HP liebe und die Welt, die Ms. Rowling geschaffen hat, achte. Fans regen sich nicht auf, wenn jemand etwas verulkt, was sie lieben, solange der Kerl, der das tut, offensichtlich auch ein Fan ist.

Wem würden Sie lieber begegnen: Harry oder Barry?

Harry. Barry würde mir nur die Nase verdrehen oder meine Brieftasche wegzaubern. Oder beides.

Was würden Sie sich wünschen, wenn er Ihnen einen Wunsch erfüllen könnte?

Jetzt im Moment? Daß die Fingerspitzen meiner linken Hand nicht mehr weh tun. Ich habe eine neue E-Gitarre (eine »Rickenbacker«, ich bin ein großer Beatles-Fan) und noch keine Schwielen an den Fingern. Diese Hohe-E-Saite ist mörderisch!

INTERVIEW Frank P. Erben

INGOLF LÜCK

Geboren 1958 in Bielefeld. 1982 gründete er die legendäre Rock-Comedy-Gruppe »Das Totale Theater«. Drei Jahre später erreichte er erstmals ein großes Fernsehpublikum als Moderator der ersten Videoclip-Show im deutschen Fernsehen (»Formel Eins«). Der endgültige Durchbruch gelang Mitte der neunziger Jahre als Anchorman der »Wochenshow« (1996–2002); es folgten weitere Auftritte als Comedian und in Sitcoms. In diesem Jahr moderiert er die große Familien-Show »Die 100 nervigsten Deutschen 2003«. Dazu kamen Rollen in deutschen Kino- und Fernsehfilmen wie »OTTO – Der Liebesfilm« und »Bang, Boom, Bang«. Am Theater reüssierte er zuletzt als Regisseur des Bühnenerfolgs »Traumfrau Mutter« in der »arena Berlin« sowie mit seinem Solo als »Caveman«. Seit 2000 leiht das Multitalent Zeichenfiguren seine Stimme, etwa dem Gockel Rocky in »Chicken Run – Hennen rennen« und Papa Eisbär in »Der kleine Eisbär«.

D>A<V

SPRECHER Ingolf Lück
BEARBEITUNG UND REGIE
Ulrich Biermann
TON UND SCHNITT Christoph Bette
REDAKTION Katja Krause

BUCHVORLAGE
»Barry Trotter und die schamlose Parodie« von Michael Gerber (in der Übersetzung von Heinrich Anders und Tina Hohl).
Die Originalausgabe »Barry Trotter and the Unauthorized Parody« erschien 2002 bei Simon & Schuster, New York etc., in der »Fireside Edition«. Copyright © 2001 by Michael Gerber.
Die britische Ausgabe erschien unter dem Titel »Barry Trotter and the Shameless Parody« 2002 by Gollancz, London.
Deutsche Erstausgabe © Europa Verlag GmbH Hamburg, August 2003.

PRODUKTION Der Audio Verlag GmbH
2004 ℗ & © 2004 DAV
Produziert im Auftrag von Der Audio Verlag GmbH in den Mango Studios Köln

KOMPOSITION DES D>A<V-JINGLES Wolfgang Dauner, Gesamtlänge: 15 sec GEMA

BOOKLET-REDAKTION Frank P. Erben, Dörte Brunotte
GESTALTUNG atelier : doppelpunkt, Berlin
COVERILLUSTRATION © Marc Gmehling
FOTO AUF RÜCKSEITE © Martin Lässig
FOTOS CD-HÜLLEN
© pa/CMI/Picture24/Uselmann
BOOKLETFOTOS S. 1 © Marc Gmehling, S. 2 Gerber: © Michael Gerber, S. 4-6 © pa/CMI/Picture24/Uselmann, S. 7 Lück: © Martin Lässig